L'ARTISTE PAR AMOUR,

COMÉDIE,

EN UN ACTE, EN VERS,

Par M. MAURIN.

Représentée, pour la première fois, sur le Théâtre de L'IMPÉRATRICE, *rue de Louvois, le* 14 *Avril* 1807.

PRIX : 24 SOUS.

A PARIS,

Chez M.me MASSON, Libraire, Éditeur de Musique et de Pièces de Théâtre, rue de l'Échelle, N.° 10, au coin de celle St.-Honoré.

1810.

PERSONNAGES.

M. DORSON.		M.r *Cauvin.*
CÉPHISE.		M.lle *Adeline.*
LISETTE.		M.lle *Molière.*
FLORVILLE. BALLOMINI. FRIVOLE. VERSIGNAC.	} par le même.	M.r *Peroud.*

La Scène se passe dans le château de M. Dorson, situé sur les bords de la Seine, à deux lieues de Paris.

NOTE *des Caractères et des Costumes.*

M. Dorson, mise simple de financier. Ce rôle doit se jouer un peu en enthousiaste des arts, et d'une manière gaie, mais sans trop de ridicule.

Florville est mis comme les jeunes gens du jour, mais sans affectation.

Ballomini, habit vert ou rouge, bordé avec un petit galon d'or ou d'argent, une perruque de carricature, comme celles des marquis ridicules, le genre un peu charlatan.

Frivole, habillé en incroyable, l'accent et les manières fades: une lorguette pendue à son cou, un chapeau à l'andromane, un petit bambou à la main.

Versignac, en habit noir rapé et ridicule, un petit mauvais chapeau sous le bras, une perruque à crapeau. Ce role se joue en vieux gascon fin et non leger.

Céphise et *Lisette*, mise ordinaire du jour.

AVIS.

L'ARTISTE PAR AMOUR,

COMÉDIE.

Le Théâtre représente un salon dont la porte du fond reste ouverte et laisse voir un Jardin. Des Fauteuils, une Table et un Piano sont placés sur la Scène.

SCENE PREMIÈRE.

FLORVILLE, LISETTE.

FLORVILLE.

Eh! Lisette?

LISETTE.

Comment! c'est vous, monsieur Florville!
Qui peut vous ramener dans ce champêtre azile?

FLORVILLE.

Le plaisir de vous voir, et la saison des fleurs.

LISETTE.

Quoi! Paris à vos yeux n'offre plus de douceurs?

FLORVILLE.

Je reviens en ces lieux par ordre de mon père;
Tu sais qu'il vit toujours retiré dans sa terre,
Qu'à quelques pas d'ici nous avons un château?
La campagne est riante, et le tems est si beau!
Ce matin, je me suis éveillé de bonne heure,
Et d'un trait, j'ai volé jusqu'à votre demeure.

LISETTE.

Vous ne pouviez avoir trop hâte de courir,
Votre retour, monsieur, prévient notre desir.

FLORVILLE.

Comment va la santé de ta jeune maîtresse?
A te le demander l'amitié m'intéresse.

LISETTE.

A merveille, monsieur; la mienne est bonne aussi.

FLORVILLE.

Et celle de son père?

LISETTE.

Assez bien, dieu merci.

FLORVILLE.

Son amour pour les arts est-il toujours extrême?
A-t-il, en mon absence, achevé son poëme?

LISETTE.

Non, monsieur, il est loin de vouloir le finir;
Sa muse attend l'aveu des siècles à venir.
Monsieur Dorson n'est pas sans avoir du génie,
Mais l'âge ne met point de terme à sa manie.
La culture des arts a pour lui tant d'appas,
Qu'il en perd l'appétit, et même il n'en dort pas.
La danse, assez souvent, l'amuse et l'intéresse,
Il a pour la musique une égale tendresse;
Il se plaît à jouer de tous les ins trumens;
Et parfois la peinture occupe ses momens.
Son goût pour le théâtre est une maladie.
Il nous fait aujourd'hui jouer la comédie,
Et, peut-être, il voudra que nous dansions demain.
Nous avons un foyer, et même un magasin:
Ses gens sont devenus des piliers de coulisse;
A déclamer des vers, il borne leur service;
Tout leur est pardonné, pourvu qu'ils soient acteurs.
Il nous arrive ici des essaims d'amateurs!
A ces amusemens, mon maître se ruine;
On dévaste l'office, ainsi que la cuisine;
Plus on flatte son goût, et mieux on boit son vin.
Il ne reste ni fruits, ni fleurs dans le jardin;
On coupe vert et sec; si cela continue,
Il n'y trouvera plus une seule laitue.

FLORVILLE.

Et que dit la maîtresse, en voyant tout cela ?

LISETTE.

Elle est indifférente à ce désordre là :
A lire des romans, elle passe sa vie ;
Car chez monsieur Dorson chacun a sa folie.

FLORVILLE.

Elle lit des romans ! peut-être que son cœur
Nourrit, par leur attrait, une nouvelle ardeur ?

LISETTE.

Vous ne le croyez pas.

FLORVILLE.

Eh ! que sais-je, Lisette ?

LISETTE.

Votre seul souvenir l'occupe et l'inquiète.

FLORVILLE.

Quoi ! malgré mon abscene, elle aurait constamment ?...

LISETTE.

Gardé toujours pour vous un tendre attachement.

FLORVILLE.

Eh ! bien, puisqu'il te faut parler avec franchise,
Plusque jamais, aussi, je brûle pour Cephise ;
Et si son père veut approuver mon amour,
Sous les lois de l'hymen je m'engage en ce jour.

LISETTE.

Dans son ancien projet, monsieur Dorson persiste ;
Vous savez qu'il ne veut pour gendre qu'un artiste.

FLORVILLE.

Je le suis à présent, je sais chanter, danser ;
Dans les arts d'agrémens, je viens de m'exercer :
J'ai reçu des leçons des plus grands virtuoses.

LISETTE.

L'amour a donc en vous fait des métamorphoses.
Pour qu'en si peu de tems ?...

FLORVILLE.

L'air de Paris, vois-tu,
Dans ce qui le compose, a certaine vertu,

Qui polit, en six mois, l'esprit de la jeunesse.
Il faut avoir bien peu de génie ou d'adresse,
Pour en être réduit à des progrès trop lents,
Et sa subtilité vous donne des talents.
Si ton maître à mes vœux est encore contraire...

LISETTE.

Pour réussir, monsieur, vous aurez bien à faire;
Il ne se laisse pas persuader ainsi.

FLORVILLE.

Oh! parbleu, nous verrons.

SCÈNE II.

Les Précédens, CEPHISE.

CEPHISE.

Monsieur Florville ici?

FLORVILLE.

Oui, charmante Cephise; au gré de ma tendresse,
Je viens de mes sermens accomplir la promesse.
Votre père, à mes vœux, fit espérer qu'un jour
L'hymen couronnerait l'ouvrage de l'amour,
Si j'allais à Paris, à dessein de m'instruire
Dans les arts précieux dont il chérit l'empire;
J'ai rempli son desir: par mes travaux constans,
J'ai su mettre à profit et mes soins et mon tems.
Il n'a plus maintenant de reproche à me faire,
Et je suis désormais digne, en tout, de lui plaire.

CEPHISE.

J'ignore, à ce sujet, quel est son sentiment,
Et s'il voudra céder à votre empressement;
Mais vous me permettrez de vous faire comprendre,
Qu'ici votre retour a droit de me surprendre.

FLORVILLE.

Y pensez-vous, Cephise? est-ce ainsi que vos feux
Répondent aux transports de mon cœur amoureux?

LISETTE.

Chansons que tout cela! les tourmens de l'absence
Semblaient, nous disiez-vous, vous effrayer d'avance;
A chaque instant du jour, vous fesiez des sermens
Pour nous persuader de vos beaux sentimens.
Qu'a produit, s'il vous plaît, un tel feu dans la suite?
Vous n'avez pas daigné nous faire une visite;
Ce château n'est pourtant éloigné de Paris
Que de six mille au plus. N'aviez-vous pas promis
De nous écrire au moins tous les mois une lettre?
Mais vous êtes moins prompt à tenir qu'à promettre.

FLORVILLE.

On n'est pas à soi-même en cultivant les arts,
A peine ai-je eu le tems de porter mes regards
Sur tout ce que Paris en chefs-d'œuvres étale:
J'allais tous les matins suivre un cours de morale;
Quand j'étais de retour, il fallait m'exercer
A déclamer des vers, puis apprendre à danser:
Je montais à cheval et je faisais des armes.
Sachant que la musique avait pour vous des charmes,
Je pris en arrivant un maître italien:
Pour me former le goût je ne négligeai rien.
Je courais tour-à-tour à différens spectacles;
C'est là que les talens enfantent des miracles!
Pour goûter chaque jour quelques plaisirs nouveaux,
J'allais de tems en tems au salon des tableaux;
Là, parcourant de l'œil chaque objet remarquable,
Qui m'offrait un sujet d'histoire ou de la fable,
J'admirais le savoir de nos peintres fameux;
Sans être connaisseur je prononçais entr'eux.
Je donnais mon suffrage au serment des Horaces.
Des Sabins déplorant les fatales disgraces,
J'étais charmé de voir l'ardeur de Tatius
Disputer Hersilie aux mains de Romulus.

Les regards inquiets de Phèdre incestueuse
Semblaient me pénétrer de sa douleur affreuse.
J'applaudissais tous ceux où l'art ingénieux
En parlant à mon cœur savaient flatter mes yeux.
Satisfait d'avoir vu le salon de peinture,
Un charme m'attirait à celui de sculpture.
Du vieux Laocoon je contemplais les traits,
La Vénus me charmait par ses contours parfaits;
L'air noble d'Apollon attirait mon hommage,
Dans les traits de Phyché je voyais votre image.
Transporté de plaisir par un rapport si doux,
Je m'imaginais être alors auprès de vous;
Je vous peignais l'excès de ma constante flamme,
Un doux ravissement se glissait dans mon ame;
Mais la raison bientôt dissipant mon erreur,
Le marbre inanimé qui séduisait mon cœur,
Ne me laissait plus voir que son attrait perfide;
Pour donner à ma course un essor plus rapide,
Je dérobais soudain les aîles de l'Amour,
Et grace à leur pouvoir me voilà de retour.

CEPHISE.

Si votre cœur, Florville, était toujours le même?

FLORVILLE.

Cephise, vous doutez de mon amour extrême?

LISETTE.

A quoi bon, s'il vous plaît, un éclaircissement?
Il vous aime toujours et j'en ferais serment;
Mais ce n'est pas le point important de l'affaire,
Il vous faut maintenant l'aveu de votre père.
Outre qu'il est déjà prévenu contre vous,
Votre silence encore excite son courroux.
Pour faire votre paix, je vois de grands obstacles,
Il vous faudra, monsieur, faire ici des miracles;
Mais je doute bien fort qu'au gré de vos souhaits
Vous en fassiez quelqu'un qui lui prouva jamais

Que dans si peu de tems....

FLORVILLE.

Il me vient une idée,
Elle vous paraîtra, peut-être, mal fondée.
Pour détruire l'effet de sa prévention,
De votre père il faut flatter la passion.
Le théâtre est sur-tout sa grande maladie?
Pour lui plaire, je vais jouer la Comédie.

CEPHISE.

A quoi peut vous conduire un semblable dessein?

FLORVILLE.

A me mettre en état d'obtenir votre main,
En faisant à ses yeux différens personnages....

LISETTE.

Ce projet me paraît n'être pas des plus sages.

FLORVILLE.

Si je puis l'amuser par quelques traits saillans,
Il ne doutera plus alors de mes talens.

CEPHISE.

Mais, par de tels détours, c'est abuser mon père.

FLORVILLE.

L'Amour, auprès de lui m'excusera, j'espère.
Dans votre magasin avez-vous des habits?

LISETTE.

De toutes les façons et de tous les pays;
Oh! nous sommes montés en différens costumes?
Des sabres, des poignards, des casques et des plumes,
Nous en avons, monsieur, autant qu'à l'Opéra,
Et vous y trouverez tout ce qu'il vous plaira.

FLORVILLE.

Allons au magasin. Viens, que je m'y déguise;
Nous viendrons, je le vois, à bout de l'entreprise.
Des gestes, du babil, tout ira pour le mieux.
Monsieur Dorson pourrait me surprendre en ces lieux,
Sortons: à m'habiller je réponds d'être leste;
Du silence, sur-tout, l'amour fera le reste.

SCÈNE III.

CEPHISE.

Pour réussir, il prend un inutile soin,
Et notre hymen, je crois, est encore bien loin.
Sur cet objet, mon père a l'esprit difficile!
Il vient: ne disons rien du retour de Florville.

SCÈNE IV.

DORSON, CEPHISE.

DORSON, *un papier et un crayon à la main.*

Que maudit soit l'auteur, dont l'esprit à l'envers
Attacha le premier la rime au bout d'un vers,
Et qui, pour mieux couper les aîles du génie,
Asservit la pensée aux lois de l'harmonie!
Sans ce rithme fatal, qui gêne le bon sens,
J'aurais fait mon poëme au moins depuis six ans.

CEPHISE, *s'approchant.*

Qui peut vous chagriner, mon père?

DORSON.

C'est ma verve
Qui me met en courroux: elle me boude. Observe
Que, depuis quarante ans que je sers Apollon,
Elle ne m'avait pas encore fait faux-bon.

CEPHISE.

Dans un autre moment vous serez plus en veine:
Faut-il donc pour des vers vous donner tant de peine?

DORSON.

Pour des vers? comment donc! un ouvrage en dix chants
Qui peut sauver mon nom des injures du tems!
Penses-tu que ce soit une petite chose?
Tu n'estime pas plus, toi, les vers que la prose?
Tu ne fais cas de rien, si ce n'est des romans;

Ton esprit se nourrit de leurs beaux sentimens,
Chacun de leurs héros te paraît un Florville;
Mais, crois-moi, tout en eux est trompeur et débile,
Tu verras sous quels traits j'ai peint mon Seleucus;
Comme les passions sont en lui des vertus.
Tiens, j'ai précisement mon poëme à la poche;
(*Il tire un manuscrit de la poche.*)
En voici le début. (*il lit.*) « *Bataille d'Antioche.* »

CEPHISE.

Antioche, mon père, est un drôle de nom,
Est-ce celui d'un homme ou d'une femme?

DORSON.

Eh, non!
C'est celui d'une ville. Où donc est ta mémoire?
N'as-tu pas lu ce nom trente fois dans l'histoire?

CEPHISE.

Je l'avais oublié.

DORSON.

Je te l'ai déjà dit,
Ces diables de romans te font perdre l'esprit.
Mais je n'ai pas réglé le plan de ma bataille,
Puisque je suis en train, il faut que j'y travaille.
Cephise, j'ai besoin d'être seul un moment,
Va t'en étudier dans ton appartement.

CEPHISE.

J'y vais, mon père. Allons vîte avertir Florville.

SCÈNE V.

DORSON.

Pour composer il faut avoir l'esprit tranquille.
(*Il va s'asseoir à la table et prend la plume pour composer.*)
Profitons de l'instant où ma verve me rit,
Pour achever le plan que je me suis prescrit.
En présence d'abord voici mes deux armées,
Qui d'une égale ardeur paraissent animées.

Le desir de la gloire enflâmant mes guerriers,
Ils sont impatiens de cueillir des lauriers :
Je vais, sans plus tarder, remplir leur espérance ;
Je donne le signal, et le combat commence.

(*Il voit venir Ballomini.*)

Qui diable vient troubler mes exploits éclatans ?
Voilà, pour aujourd'hui, ma bataille en suspends.

SCÈNE VI.

DORSON, BALLOMINI.

BALLOMINI.

Attiré per lou bruit de vostre renommée,
D'avance, de vi voir, j'avais l'ame charmée.
La coultoure des arts est vostre passion ?
Moi, moussou, je les aime à l'adouration.
L'amour que j'ai pour eux a prouduit tant de choses,
Qu'on ferait un recueil de mes métamorphoses.
Je puis mettre en action l'histoire quand je veux ;
La fable également est soumise à mes vœux,
Et pour vous assourer quel est mon art souprême,
Je pouis faire mouvoir lou ciel, et l'enfer même.

DORSON.

Si vous avez, monsieur, un semblable pouvoir,
Vous êtes, en effet, un homme rare à voir,
Et j'aurais tort, d'après ce qu'ici vous me dites,
De vouloir un moment douter de vos mérites.

BALLOMINI.

Je ne me vante pas, perqué la vanité
Est un vice nouisible à la souciété;
C'est lou défaut commun des ames misérables.
Et quels talents pourraient être aux miens comparables!

DORSON.

En grands hommes pourtant la France est riche assez.
Et quel est donc, monsieur, l'art que vous exercez?
Daignez me mettre au fait.

BALLOMINI.

Le piou grand art du monde,
Oun art, que l'on chérit sour la machine ronde,
Qui fait l'amour des dieux, lou charme des mortels;
Oun art, à qui pertout on dresse des autels;
C'est la danse.

DORSON.

La danse? assurément on l'aime;
Mais vous avez pour elle une tendresse extrême:
Quoi! vous ne voyez rien au-dessus d'un danseur?

BALLOMINI.

Je ne souis point dansour, je suis compositeur,
Créateur de ballets; c'est oune différence.

DORSON.

Dans vos ballets, monsieur, assurément on danse?
Vous les créez, d'accord; mais vous ne pouvez pas
Les mettre en action sans y faire des pas.
Vous êtes donc danseur?

BALLOMINI.

C'out vrai; ma lou génie,
Lou comptez-vous pour rien? La carrière infinie
Qui se présente à l'œil d'oun maître de ballet
Est oune mer à boire en traitant oun soujet.
Croyez-vous que ce soit le métier d'un manœuvre?
Chaque pas que je fais, est oun petit chef-d'œuvre.
Comparer mon talent à celui d'oun dansour,
C'est confondre un insecte avec le créatour:
Vostre comparaison ne serait pas fondée.
Voici lou résoultat d'oune souperbe idée,
Dont Homère loui seul m'a fourni tous les traits:
Homère, vi savez?...

DORSON.

Oui, monsieur, je le sais.

BALLOMINI.

Per ajouter encor des fleurs à ma couronne,
Per faire un coup d'éclat dont l'avenir s'étonne;
Accoutez bien ceci: j'ai formé lou projet,
De mettre au premier jour l'Iliade en ballet.

DORSON.

L'Iliade, monsieur?

BALLOMINI.

Est-ce oune idée habile?

DORSON.

Oui, mais la mettre en scène, est difficile.

BALLOMINI.

Noullement: tout dépend de la facilité,
Et l'argent lève après toute difficoulté.
Dans un siècle étonnant il faut de grandes choses;
Les dansours n'ont encor marché que sur des roses.
Supposons qu'à l'instant on lève le rideau,
Le théâtre offre à l'œil lou palais le piou beau,
Per des danses d'abord j'amouserai la scène,
Afin de préparer l'enlèvement d'Hélène.
Pâris a déjà foui. Citoyens et Suoldats
Font serment de venger l'affront de Ménélas.
Je me renfermerai dans les bornes exactes,
Mon ballet ne sera tout au plus qu'en six actes:
Lou premier est passé.

DORSON.

Six actes? c'est beaucoup!

BALLOMINI.

Au second, le théâtre il change tout-à-coup.
Les Grecs sont maintenant aux rives dou Scamandre;
Les Troyens les voudront empaché de descendre;
Mais, après oun combat, les Grecs ont le dessus,
Les Troyens sont en fouite, et les Grecs descendus:
D'Ilion, au troisième, on verra les mourailles;
Je mettrai dans cet acte au moins trente batailles:
Au quatre, arrivera le valoureux Hector
Per défier Achille en un combat à mort;

Hector sera vaincu. Tout le camp grec en joie,
Dansera tout au tour des mourailles de Troie:
Au cinquième, Ilion per les Grecs sera pris;
On verra dans l'assaut, Priam avec ses fils
Sous le fer des vainqueurs tomber avec courage;
On fera des Troyens oun horrible carnage:
Au sixième acte enfin, lou pioux essentiel;
Tous les Dieux paraîtront assis sour l'arc-en-ciel,
Et Joupiter loui-même armé de son tonnerre.
Je prouduirai, s'il faut, oun tremblement de terre.
L'enfer, les cieux seront à mon commandement,
Et le tout finira par oun embrâsement.

DORSON.

Le dénouement est chaud! son appareil est vaste!

BALLOMINI.

Je n'ai d'autre plaisir qu'à planer dans le faste.
Mon soujet offre-t-il oun air de nouveauté?

DORSON.

Je ne crois pas, monsieur, qu'on l'ait encor traité.

BALLOMINI.

Aussi de l'avoir fait mon cœur est idolâtre.

DORSON.

Et vous proposez-vous de le mettre au théâtre?

BALLOMINI.

Je me l'étais, moussou, d'avancé proupousé;
Au théâtre des arts on me l'a refusé;
On a pensé qu'après oun soujet de la sorte
Il faudrait à jamais que l'on ferme la porte,
Perqué, jusqu'à ce jour, tout ce que l'on a fait
Ne pourrait soutenir l'éclat de mon ballet.
Qu'en France l'on rend peu de joustice au génie!
J'arrive, tout exprès, du fond de l'Italie,
Où, je souis assouré, qu'on m'applaudit encor;
Et lorsqu'à mon talent, je veux dounner l'essor,
Je me vois arrêté per mon trop de science.

DORSON.

Que ferez-vous, monsieur, dans cette circonstance?

BALLOMINI.

Vous avez oun théâtre; est-il propre à danser?

DORSON.

Six personnes de front ne pourraient y passer.

BALLOMINI.

Tant pis! l'œil est frappé d'oune grande piutoure;
Ma, je pouis lou monter encore en migniatoure.

DORSON.

Votre dessein, monsieur, m'induirait à des frais....

BALLOMINI.

Des frais! n'ayez pas peur, je n'en ai fait jamais;
Et d'ailleurs, songez donc à la gloire immortelle?

DORSON.

Combien coûterait-il pour?...

BALLOMINI.

Oune bagatelle.
Per monter mon ballet, avec les agrémens,
Il ne faut, tout au piou, que deux cents mille francs.

DORSON.

Ah! monsieur, je n'ai pas le revenu d'un prince!
Si j'avais sous mes lois quelque vaste province...

BALLOMINI.

Vous avez un théâtre, et voilà ce qu'il faut.

DORSON.

Mais d'être trop petit il a le grand défaut.
Et d'ailleurs je craindrais...

BALLOMINI.

Vi craignais la dépense?
Ah! moussou, je le vois, vi n'aimez pas la danse.
D'oun ouvrage divin, faire si pou de cas!
C'est montrer que les arts ont pour vous peu d'appas.
Vostre nom dans l'histoire allait prendre oune place,
Ma, puisqu'enfin pour eux vous êtes tout de glace,
Je pars; recevez donc le regret infini,
De vostre serviteur, Marco Ballomini.

SCENE VII.

DORSON.

Eh! bien! ruinez-vous pour flatter sa manie!
Monsieur Ballomini vous avez du génie;
Mais dussai-je goûter un délice complet,
Je saurai me passer de voir votre ballet.
Ce plaisir est trop cher; d'ailleurs, vaille que vaille,
J'en reviens bonnement au plan de ma bataille.

(Il s'assied encore à la table et compose.)

» Des nuages de traits, lancés de tous les rangs,
» Portent d'abord l'effroi, la mort sur les deux camps.
» Le javelot fatal, la retoutable épée
» Au sang des assaillans est aussitôt trempée.
Bravo! monsieur Dorson, c'est fort bien débuter!
Les vers coulent de source, il faut en profiter.
» A la tête des siens Cambise alors s'avance. »

(Il apperçoit Frivole.)

Encore un importun qui vient par sa présence,
M'empêcher de fixer le destin des combats!
Si je ne sors d'ici, je n'en finirai pas.

SCÈNE VIII.

FRIVOLE, DORSON.

FRIVOLE.

Ne vous étonnez pas de l'ardeur indiscrette,
Qui m'a fait pénétrer jusqu'à votre retraite;
Tout ce qui l'environne offre un aspect si doux,
Qu'un charme, malgré moi, m'a conduit jusqu'à vous.
J'errais dans les détours de ce sombre boccage,
J'y venais des oiseaux entendre le ramage.

L'accord mélodieux que formaient leurs accens,
Dans un profond délire avait plongé mes sens.

D O R S O N.

Monsieur paraît avoir du goût pour la campagne?

F R I V O L E.

Un doux ravissement, lorsque j'y suis, me gagne:
Chaque pas que j'y fais, une éloquente voix
De l'art que je chéris vient m'apprendre les loix;
Ici, c'est un ruisseau, qui, dans son cours rapide,
Murmure en s'éloignant de sa source limpide:
L'haleine des zéphirs vient caresser ses eaux,
Et mêle à leurs concerts mille agrémens nouveaux.
Si je prête plus loin une oreille attentive,
La tendre tourterelle, en son amour, plaintive
Fait redire à l'écho l'excès de ses tourmens,
Et m'apprend le secret de ses roucoulemens.
Quand je veux pénétrer dans une forêt sombre,
A l'aspect imposant de ces arbres sans nombre,
Qu'agitent les autans dans leurs fougueux transports,
D'un orchestre, je crois entendre les efforts.
Je m'assieds mollement sous un épais feuillage;
Le rossignol m'y vient charmer par son ramage.
J'imite de son chant le langage amoureux,
Le plaisir me sourit; je chante, et suis heureux.

D O R S O N.

Ah! monsieur est chanteur?

F R I V O L E.

Au moins j'ose le croire;
Je puis de ce talent me faire quelque gloire;
Dans le monde il me donne une célébrité,
Et le nom de Frivole est par-tout réputé.

D O R S O N.

J'aime beaucoup le chant, et sur-tout la musique.

F R I V O L E.

La composition est l'art dont je me pique,

Pour donner à mon nom un relief plus flatteur,
Dans ce champ, je me plais à ceuillir quelque fleur.
Au lever du soleil sur les bords de la Seine,
En frédonnant des airs, parfois, je me promene.

DORSON.

Au talent de chanter, monsieur, assurément,
Joint celui de jouer aussi d'un instrument?

FRIVOLE.

De tous, monsieur. Je pince au mieux de la guitare,
J'ai pour la clarinette une embouchure rare.
Je touche du piano, j'ose dire, à ravir,
Et la harpe, sur-tout, est mon plus grand plaisir:
Le goût que je possède est tellement extrême
Que je suis au-dessus de la musique même.
Je déroute le tac de nos musiciens;
Je brode comme font tous les Italiens:
Quand je donne un concert, pour m'entendre, on s'arrache.

DORSON.

Vous avez à remplir une pénible tâche.

FRIVOLE.

Le mérite est vraiment insipide à ce prix!
Mais je suis retenu par un charme à Paris:
Je pourrais, en province, aller gagner des sommes.

DORSON.

Paris fut de tout tems le séjour des grands hommes.

FRIVOLE.

Je me rends aux desirs de mes nombreux amis:
Il n'est pas de maison où je ne sois admis;
Je suis, à dire vrai, l'enfant chéri des belles.
Le charme de ma voix est si puissant sur elles,
Que, pour me dérober à leurs fougueux transports,
Je viens comme Amphion soupirer sur ces bords.

DORSON.

Craignez-vous les effet d'une passion tendre?

FRIVOLE.

Sans faire le cruel, je cherche à m'en défendre.

Je suis sensible, autant que peut l'être un chanteur;
Mais je veux de ma voix conserver la fraîcheur :
Son sort ressemble assez à celui d'une rose,
Qu'un feu du jour détruit à peine elle est éclose.
D'un amour passager j'évite les hazards,
Et me cache à ses traits dans le sein des beaux arts.
Ma réputation par-dessus tout m'est chère :
Je ne suis pas fâché d'avoir le don de plaire.
La révolution que je fais dans les cœurs,
Me procure souvent des momens enchanteurs.

DORSON.

Ma curiosité, monsieur, va vous surprendre,
Mais le desir ardent que j'ai de vous entendre....

FRIVOLE.

Daignez m'en dispenser, pour raccorder ma voix,
D'usage je solfie au moins pendant un mois.

DORSON.

Je n'abuserai pas de votre complaisance,
Un rondeau seulement, ou bien une romance;
Quelque soit le morceau que vous voudrez choisir,
D'avance, je suis sûr qu'il me fera plaisir.

FRIVOLE.

Les cordes de ma voix sont toutes dérangées,
Je ne pourrai chanter les notes obligées.
Pour ne pas cependant montrer trop de rigueur,
Voici quelqnes couplets d'un genre assez flatteur;
Je les fis l'autre jour à l'honneur d'une belle,
Qui, je ne sais comment, à mes vœux est rebelle.

AIR.

Lorsque ma bouche un jour osa
Te dire tendrement, je t'aime;
Devais-je croire, ô Louisa!
Que ta rigueur serait extrême?
L'amour a placé dans tes yeux,
Et le bonheur, et l'art de plaire;
La beauté doit, comme les dieux,
Faire des heureux sur la terre.

DORSON.

Votre méthode est bonne; ah! comme c'est phrasé!

FRIVOLE.

Je chante beaucoup mieux quand je suis disposé;
Mais depuis quelque tems ma voix n'est plus sonore.
Permettez que...

DORSON.

De grace, un seul couplet encore.

FRIVOLE.

MÊME AIR.

Tu vois, sans crainte de danger,
Tous les cœurs voler sur tes traces;
Semblable au papillon léger,
Tu badines avec les Grâces.
Ma voix, sans pouvoir t'attendrir,
Dès long-tems gémit et t'implore:
Les fleurs que Phœbus fait mourir
Arrachent des pleurs à l'Aurore.

DORSON.

Les paroles, le chant, tout est délicieux!
Veuillez bien demeurer quelque tems en ces lieux,
Ce sera m'obliger; vous aimez la campagne:
Je fais de la musique, et ma fille accompagne,
J'ose dire, à ravir. Nous mettrons tous nos soins
A contenter vos goûts, à les flatter, du moins.

FRIVOLE.

A vos desirs, monsieur, je ne saurais me rendre;
Votre fille, sans doute, est dans un âge tendre,
J'aurais trop de règret si j'allais, en ce jour,
Allumer dans son cœur quelque imprudent amour.

DORSON.

Pour s'oublier, monsieur, ma fille est trop bien née.

FRIVOLE.

Souvent un trait lancé fait notre destinée.

DORSON.

Je puis vous assurer...

FRIVOLE.

Je ferais son tourment;
Craignez-le ; mes accords sont un vrai talisman.

DORSON.

Mais, encore une fois ..

FRIVOLE.

Mon talent porte à l'âme:
Quand je chante, monsieur, le beau sexe se pâme.

DORSON.

Votre voix peut, sans doute, avoir de grands appas,
Mais croyez...

FRIVOLE.

Je suis sûr qu'elle n'y tiendrait pas.

DORSON.

Daignez, du moins...

FRIVOLE.

Adieu, monsieur, je me retire:
Votre invitation a sur moi grand empire ;
Mais l'amour, autre part, m'asservit sous ses lois,
Et vais, comme Hypolite en gémir dans les bois.

SCENE IX.

DORSON, *seul.*

PEUT-ON être plus fat que ce monsieur Frivole!
Il a perdu l'esprit, oh! oui, sur ma parole.
Rien ne peut résister à l'attrait de son chant,
Ma fille aurait pour lui quelque tendre penchant,
Disait-il. Par exemple, il serait difficile
D'effacer de son cœur l'image de Florville.
Voyez comme il m'écrit, comme il fait peu d'état...
Il n'y faut plus penser... Retournons au combat.

(*Il retourne à sa table.*)

Je passe au beau moment où Cambise s'avance,
Et veut sur Seleucus assouvir sa vengeance;

Celui-ci dépourvu d'armes et de soldats,
Dans les murs d'Antioche alors porte ses pas,
Et, prévenant l'effet du coup qui le menace,
En état de défense il fait mettre la place.

(*Il compose.*)

« Tandis que Seleucus .. » Comment, quelqu'un encor !
C'est comme un fait exprès; pour le coup, c'est trop fort.

SCENE X.

DORSON, VERSIGNAC.

VERSIGNAC.

PARDON, cent fois pardon, si je vous fais visite,
Jé vais avec plaisir chez les gens de mérite,
Leurs conseils sont pour moi le cachet du savoir,
Et de les suivre en tout je me fais un devoir.

DORSON.

Daignez me dire à quoi je puis vous être utile?
Le plaisir d'obliger me rendra tout facile.

VERSIGNAC.

Jé né résisté pas à ce ton de bonté;
Vous me pétrifiez par tant d'honnêteté.
Lé récit que de vous m'a fait une personne...

DORSON.

Vous êtes, je le vois, des bords de la Garonne?

VERSIGNAC.

Précisément, jé suis, à vrai dire, gascon;
Jé fais l'état d'auteur, Versignac est mon nom.

DORSON.

J'aime fort les auteurs.

VERSIGNAC.

La fureur théâtrale
M'a fait pour quelque tems chercher la capitale;
J'y viens faire jouer des pièces d'un grand prix,
Qui porteront envie aux savans de Paris.

DORSON.

A quels lauriers monsieur prétend-il sur la scène ?
Brûle-t-il pour Thalie, ou bien pour Melpomène ?

VERSIGNAC.

Jé chaussé lé Cothurne. En ce moment, jé fais
Un ouvrage, qui doit m'enrichir à jamais.

DORSON.

Cet ouvrage, sans doute ?...

VERSIGNAC.

Est du plus grand génie.

DORSON.

Comment l'appelez-vous ?

VERSIGNAC.

La grande Iphigénie.

DORSON.

Déjà sur ce sujet Racine a réussi,
Et Guimond de la Touche a fait merveille aussi.

VERSIGNAC.

Lé prémier a placé la scène dans l'Aulide ;
L'autre l'a transportée au sein de la Tauride ;
Mais moi, monsieur, jugez, par un plus grand effort,
Jé porte Iphigénie....

DORSON.

Où ?

VERSIGNAC.

Dans lé Périgord.

DORSON.

En Périgord, monsieur ? L'idée est fort étrange !
Et comment voulez-vous que la fable s'arrange ?...

VERSIGNAC.

S'il fallait à la fable asservir un sujet,
Une pièce jamais ne ferait dé l'effet.

DORSON.

La vôtre en doit produ re. Est-ce une parodie ?

VERSIGNAC.

Non pas, c'est une bonne et belle tragédie.

DORSON.

Vous aurez de la peine à me persuader....

VERSIGNAC.

Vous savez que Pylade ayant su s'évader
Du pays de Tauride, accourut à Mycène,
Et qué, dans moins d'une hure, il en revint sans peine,
Suivi du brave Alcée et de nombreux soldats,
Pour ravir la statue, et poignarder Thoas ?
Eh bien ! Monsieur, c'est-là que commence ma pièce.
Je les fais embarquer pour retourner en Grèce ;
Mais la mer et les vents se courroucent si fort,
Que Neptune, en fureur, les jette en Périgord.

DORSON.

La mer ne conduit pas en Périgord.

VERSIGNAC.

Sans doute ;
Mais après le naufrage ils en prennent la route.

DORSON.

Croyez-vous qu'on se prête à cette fiction ?

VERSIGNAC

J'éclaircirai lé fait dans l'exposition.

DORSON.

Vous placez l'action de cet ouvrage habile ?....

VERSIGNAC.

A Périgueux, monsieur, dans lé sein de la ville.
Vous savez qu'un grand roi régnait en Périgord,
A l'époque où les Grecs étaient puissans encor ?
C'est dans ces tems obscurs que la scène se passe,
Avant qué Pharamon, et tous ceux de sa race
N'eussent conquis la Gaule.... Oreste, furieux,
Entrera sur la scène, en insultant les Dieux ;
Il leur adressera ce tragique langage : (*Il déclame.*)
« Impitoyables Dieux ! quelle est donc votre rage ?
» N'étais-je pas assez en butte aux coups du sort,
» Sans me faire venir au sein du Périgord ?
» Que ne me laissiez-vous aux champs de la Tauride !
» Quand vous m'avez laissé sur cette terre aride,

» Devais-je présumer, ô Dieux trop furibonds :
» Qu'on m'y ferait l'accueil qu'on fait aux vagabonds?
» S'il faut que de la faim j'éprouve le supplice,
» Dieux barbares, tonnez, que mon sort s'accomplisse!

(Il se tourne promptement vers Dorson, qui ne s'y attend pas, et qui a l'air épouvanté.)

Le peuple, en ce moment, autour de lui rangé,
Présume, à ses transports, qu'Oreste est enragé :
Pour réprimer l'effet de sa brusque incartade....

DORSON.

Mais votre tragédie a l'air d'une parade.

VERSIGNAC.

Non, monsieur, écoutez. Avec juste raison,
Pour punir son audace on le mène en prison.
Iphigénie en pleurs et l'ame consternée,
Réclame la pitié de la foule obstinée :
« Périgourdains, dit-elle; excusez son erreur;
» Ah! ne soyez pas sourds à la voix du malheur;
» De cet infortuné n'augmentez pas les peines,
» Le sang d'Agamemnon circule dans ses veines. »
Ce discours touchera si fort les spectateurs,
Qu'en se couchant, encore ils verseront des pleurs.
Au second acte, Oreste est dans la citadelle,
Le cœur toujours en proie à sa douleur cruelle,
Il invoque la mort, le poison et le fer,
Il change son cachot en un petit enfer.
Vous jugez qu'au troisième, il faut un épisode.

DORSON.

En avez-vous quelqu'un et qui vous soit commode?

VERSIGNAC.

Oui, monsieur; la princesse, en dépit du destin,
Aura charmé le cœur du roi périgourdin :
Celui-ci pénétré d'une vive tendresse,
Au sort des étrangers, sans peine, s'intéresse.
Oreste, par son ordre, est mis en liberté,
A la cour du monarque il se voit bien traité.

Un prince, en ses desirs, a toujours l'ame honnête,
Il donne à la princesse une superbe fête.
Pylade, transporté d'un mouvement jaloux,
Fait contre Iphigénie éclater son courroux.
Vous trouvez que cet acte....

DORSON.

Est vraiment magnifique!

VERSIGNAC.

Vous allez voir encore un effet plus tragique.
Pylade, au quatrième, en son dépit cruel,
Au roi de Périgord vient offrir le duel :
Le monarque l'accepte; et, brave comme quatre,
Dans une grande place ils vont tous deux se battre.
Lé Grec, d'abord blessé dans cé combat fatal,
Perce d'un coup mortel lé sein de son rival;
Il tombe dans son sang : relevé par Pylade,
Sans être encore mort, il se sent bien malade.
Bientôt lé peuple accourt; Pylade est arrêté,
Et de suite il est mis en lieu de sûreté.
Au dernier acte, alors, tout devient légitime.

DORSON.

Pour le faire échapper, sans doute?

VERSIGNAC.

Je l'estime.

DORSON.

En viendrez-vous à bout?

VERSIGNAC, *posant le doigt sur son front.*

L'expédient est là.

DORSON.

Il vous faudra, monsieur, bien des soins pour cela!
Vous l'avez embarqué dans une triste affaire.

VERSIGNAC.

Pour l'en sortir, monsieur, je sais ce qu'il faut faire.
Tandis qu'on se lamente et qué chacun gémit,
Lé pouvoir de Diane en ce moment agit.
Sans un coup de poignard, cette grande déesse,
Finit la tragédie, et les emporte en Grèce.

DORSON.

Que devient le monarque avec sa passion?

VERSIGNAC.

Le monarque demeure en stupéfaction.

DORSON.

C'est à ravir, monsieur.

VERSIGNAC.

Dans le cours de l'ouvrage
Les vers les plus pompeux seront mis en usage.

DORSON.

Sur un brillant succès fondez-vous votre espoir?
Je crains que le sujet ne paraisse un peu noir.

VERSIGNAC.

Cela se peut; ma muse est quelque fois barbare;
Je suis dans le tragique un petit Sakespeare.
Je ne me plais jamais qu'à l'aspect des tombeaux;
Qu'à travers l'appareil des funèbres flambeaux.
Quand je veux composer, je descends à la cave;
Là, dans l'obscurité, sans bruit et sans entrave,
Je pense que je suis au milieu des enfers,
Et d'un beau noir, alors, je crayonne mes vers.
Je vais vous déclamer un morceau d'un poëme
Qui va vous faire peur, il m'en fait à moi-même.
Je l'ai fait...

DORSON.

Il est tems, monsieur, d'aller dîner.
Si mon offre n'a rien qui puisse vous gêner?

VERSIGNAC.

En un semblable cas, volontiers on se gêne,
Et l'offre d'un dîner ne fait jamais de peine.

DORSON.

Veuillez donc, s'il vous plaît, passer dans le salon,
Je vous suis à l'instant.

VERSIGNAC.

Traitez-moi sans façon.
Attendant le plaisir d'être avec vous à table,
Je vais relire encore un ouvrage admirable;

C'est un pétit traité sur la digéstion ;
Jé porte à ce sujet beaucoup d'attention ;
Jé veux lé mettre au jour avec ma tragédie;
Permettez-moi, monsieur, qué jé vous le dédie.

DORSON.

Je verrai, nous pourrons en parler au dessert.

VERSIGNAC.

En ce cas, je vais voir si l'on met lé couvert.

SCENE XI.

DORSON, *seul.*

Tous les fous de Paris, pour me faire visite,
Se sont donnés le mot; en voilà trois de suite!
Quelqu'autre encor pourrait venir m'importuner,
Et c'est assez d'avoir Versignac à dîner.
Je puis bien un moment sourire à sa manie,
Mais s'il veut lire au long toute sa tragédie,
Ma foi, de l'écouter, je ne suis pas d'humeur.

SCÈNE XII.

LISETTE, CÉPHISE, DORSON.

CÉPHISE.

Je ne puis plus long-tems vous laisser dans l'erreur,
Mon père, je vous dois dire ce qui se passe,
Et de votre bonté j'ose espérer ma grace.
Monsieur Florville...

DORSON.

Eh bien? serait-il de retour?

LISETTE.

Oui, monsieur; à vos pieds ramené par l'amour,
Et brûlant du desir d'obtenir ma maîtresse,
Il revient près de vous réclamer la promesse...

DORSON.

Oh! qu'il n'y compte pas, c'est un point résolu.
Lorsque de ses talens, je serai convaincu.

LISETTE.

Si ce n'est que cela, c'est une chose faite:
Il est danseur, chanteur, musicien, poëte.

DORSON.

Comment? explique-moi ce discours, s'il te plaît.

LISETTE.

Oui, monsieur, cet auteur, ce maître de ballet,
Que vous venez de voir, c'était monsieur Florville.

DORSON.

Cela n'est pas possible!

LISETTE.

Il n'est pas difficile
De vous prouver le fait.

DORSON.

Ce serait un peu fort!

CEPHISE.

L'amour doit, à vos yeux, faire oublier son tort.

DORSON.

Quoi! c'est lui que j'ai vu dans ces trois personnages?

SCENE XIII et dernière.

Les Précédens, FLORVILLE.

FLORVILLE.

Oui, monsieur, trop heureux si j'obtiens vos suffrages.

DORSON.

Ah! monsieur le chanteur! venez-vous cette fois,
Comme Hypolite encor de gémir dans les bois?
Ou bien, donnant carrière à votre heureux génie,
Allez-vous déclamer des vers d'Iphigénie
En Périgord? Eh! mais, vous avez du talent.
Vous vous êtes servi d'un moyen excellent
Pour me persuader que vous êtes artiste!
Dans mon premier dessein, en ce cas, je persiste.

FLORVILLE.

Ne traitez pas, monsieur, si sérieusement
Ce qui doit vous paraître un simple amusement.

Dans les arts, comme ailleurs, il est des ridicules:
Je me suis hazardé, pour vaincre vos scrupules,
De tracer à vos yeux quelques rians tableaux;
Mais du mérite vrai, je distingue le faux.
C'est un abus commun, qui de nos jours existe,
Que le premier venu prend le titre d'artiste.
Pour mériter ce nom, il faut, dans son état,
Non-seulement savoir, par quelque coup d'éclat,
Faire voir ces talens sous un heureux auspice;
Mais aux mœurs, à l'esprit, que la science s'immisse.
Je ne me flatte pas d'avoir ces dons heureux,
qu'il faut pour devenir un artiste fameux;
Mais, si vous confirmez l'aveu de ma famille,
En m'accordant, monsieur, la main de votre fille,
Peut-être de ce nom serai-je digne un jour,
Trop heureux de devoir cet ouvrage à l'amour.

DORSON.

Le trait est hazardé! n'importe, il m'a fait rire,
Je dois le pardonner. Je suis prêt à souscrire
A votre hymen.

LISETTE.

Vivat!

CEPHISE.

Ah! mon père!

FLORVILLE.

Ah! monsieur!

DORSON.

Point de remercîment, j'ai fait votre bonheur;
Je n'ai plus d'autres vœux à former pour moi-même,
Que de voir le Public acceuillir mon poëme.

FIN.

De l'Imprimerie de P. NOUHAUD, rue du Petit-Carreau, N.° 32.

www.ingramcontent.com/pod-product-compliance
Ingram Content Group UK Ltd.
Pitfield, Milton Keynes, MK11 3LW, UK
UKHW020435220726
13923UKWH00005B/2181